U0728432

三月再生

刘蒨 —— 著

长江出版传媒

长江文艺出版社

刘 蒨

原名刘茜。

文艺女青年,重庆人。

作品散见《延河》《红豆》《作家天地》等刊。

目　录

第二辑　万物

第一辑

心 景

天上人间

落下最后一个字

我开始期待.

让自己成为云

飘在浩瀚

和你遥遥相望

花园里种满天空

每一颗生根的星星

有时是你的名字

有时是你的呼唤

我努力不让自己被点亮

你却一直闪耀

阳光山水相互穿透

你以你的方式

给我一个不顾一切的理由

天上温润

人间迷离

我们互相遥望

天上人间

那些草

要不要关心那些草

从一粒种子到淹没我的草

从春天到秋天

从冬天到无际

有时过问我的冷暖

扯出一朵云披在肩上

有时离我很近

贴着胸口说话

走远时

扯出太阳最丰盈的绽放

盖在夜晚的床头

但总有忧伤

像熟透的果子

风一吹

就落在地上

不想让皱纹裹挟

想等路过的月光

把一些预谋带走

比如

那些草一样疯长的情话

打　开

衣服掩盖碰撞

你的雄壮像一匹野马

让奔腾的血液

无处可逃

剥离身上的茧

剥出火焰和盛年

知道怎样在秋天埋葬过去

为晚归涂上霞光

接纳星辰和赞扬

却不知道你来的时候

怎样把自己打开

洁白的一隅封存出逃的身体

我的丰盈开始拨弄琴弦

音符拼尽全力

幻想你变幻的身份

幻想你用怎样的过程

将我打开

高　粱

高粱成熟

放进嘴里

嚼出整个过程

很多尖锐

在酒瓶吐出的时候

跑来

这算不算无理取闹

高粱有选择的权利

成为结果

或酿成酒

桃花红到了应红的样子

答应春天去见你

在桃树发出信号的时候

鸟让我学会飞翔

因为你远得无法用足迹丈量

我长出翅膀

疼痛落在肩上

羽毛是新的纸张

写满向往

我沿着心中的地图

飞过山川　　湖泊

飞过世俗　　流言

这让我感到恐慌

要怎样整理情不自已

才能面对你的怀抱

我舞动翅膀

看到天荒地老

生命迸发

看到浩荡春光

万物融化

我在等你来爱我

等你花园里为我准备的晴朗

是啊

桃花到了应红的样子

我们也应该到了

该有的模样

风

冷从指间蔓延

一些长出因

一些结出果

时间相安无事

止于现状

认知疼痛交错

无法剥离

地上的影子被吹得粉碎

这些潦草的风

为什么这么急

假设的思念

你说可以写出假设的思念
就像电话那头的你
望着这头的我
把辫子解开
巴巴等你来

我还有话要说
说无数次路过你的窗台
扯出情话
种进蓝色花盆
让它们在时间和阳光的注视下
开出白色头纱

带着假设的思念
等你为我盘起长发
等头纱开出灿烂
你和风一起
为我戴上又掀开
如果把这段假设换算成现实
你是否还会对我
吐出一串串名字

注销我的存在
让我再次成为鱼
把假设的思念
隐匿在海的深处

世　界

一个潮湿的季节

太阳全身而退

发梢长满露水

灰调子让人沮丧

颜色和心事交锋

申辩不欢而散

夜晚裹挟

不理睬我的想法

灵魂逃出牢房

又流落街头

凌晨两点的窗盒

有人打鼾　有人唱歌

有人思考

有人哭泣

我，在颤抖

深　夜

一直在延长

白天的话题

偷生的光把赌注押进当铺

赌后半生的荒野

长成草原

斑马　萨日朗

雄壮的狮子

深蓝色星空下的守望人

我是不是在错过一场精彩

错过奔月

错过一纸手写的约定

于是起舞

在夜晚深色的舞台

追光成为逼供者

我用肢体交出答案

从此

抬头遇见的星空

都有我想你的篇幅

理　由

光线掉进阴影

开始书写逃离

我是表面清淡的女子

把自己隐藏在路途

用愈合织成网

却无法阻止鱼的剥离

葱郁只是过客

通往余生的车

载满未知

我在深处哭泣

害怕没有站台

接纳晚点和提前

想苏醒过来

沿着早起的光出发

把所有理由

还给颠沛流离

一阵风路过

更多时候

它会从后背吹来

带着跋涉的不堪

在肋间喘息

有时从脚下穿过

杂草、碎石、闲言

让鞋面澄清过往

有时从脸颊滑过

耳垂把流言挡在门外

有温度的

谱成歌

从眼角唱出

沾满糖的味道

谁在想它来时的样子

哪怕

只是一次不经意的路过

出走的爱情

有阳光的早晨

不一定晴朗

很多道不清的离开

在黎明上演

目送并不代表什么

像野百合不能代表春天

你把亲吻放在额头

不能代表永恒

没有归期的河

贯穿桑田

谁把背包遗落在黄昏

出走的爱情

原谅滚烫的借口

故土平静

再也没有兵荒马乱

让离别修建重逢

我还是在来年的城门

种满等你的花

早起的太阳

行走中

会有沮丧落在脚底

我不会唏嘘

草木丰盛

总有一片深情的富饶

唱出想要的模样

早起的太阳不问剧情

把现实和结局拉开

把一切关于光明的秘密

公之于众

必须承认自己喜欢阳光

喜欢美好如一圈圈散开的热浪

荡漾在身上

疼 痛

料峭试图隐瞒

你焚烧的真相

尘埃却穿越人间

唤醒失去知觉的身体

我开始埋葬

和我们有关的身世

我不过是个俗人

简单得

只看得见眼前的灯火

我举起遍体鳞伤

完成告别仪式

一遍一遍

瞒过千山万水

却没瞒过

泪雨滂沱

五月的夜

深浅不一的夜

有苏醒从老墙逃走

落跑的高跟鞋

充满渴望

流浪猫踮起脚尖

等待另一段流浪的邀请

谁在五月芊蔓

拽出春心

谁就着路边风景

在蕾丝花边蔓延的床头

开出盛夏的向往

话　春

终于

沉睡被三月唤醒

红色房子在安放流浪的灵魂

窗外

桃花和天空私语

嘘　别出声

梨花堵住了我的嘴

单程票

突然就醒来
深深浅浅的过往
如千军万马
踏着疾风而来
月色亮得刺眼
落在身上
又钻进心里
拨走最后一丝睡意

戒指说它从未来过
却看到无名指上的痕迹
成为山谷
长满野草和闲言
欲望越过头顶的时候
谁去在意一朵花的命题
虚假又真实的锈迹
总是抢走我的梦境
让我在一床的白里
变成空荡荡的傻子

我曾来过

草绿得正是时候
浅睡的城市在薄雾中醒来
脚印杵着岁月
和理想隔山相望

春季的耳语并不明显
却让身体的颜色鲜活起来
漫山遍野的生命
冲进人间
他们忘记了
理想已被灌溉成了高不可攀的预谋
路途的洪水冲刷伤口
把愈合隐匿在不为人知的角落
有人让后来变得饱满而坚定
有人倒在路途
有人在提前竖起的墓碑刻上
我曾来过

逃 兵

躺在棉絮里的月亮

因为你傍晚的出走

凋谢了吗

风有些凉

真想三月停留在我身上

开出桃花和鱼

把春色挂在墙头

让七秒的记忆

串成永久

足以掀起惊涛骇浪

足以讲到我和你的暮年

我还是那个以一堆柴取暖的人

你却带走了点火的过程

风很凉

三月已经走远

你从此成为伪命题

一些情结

把一些情结放在行李架

让它在过道流淌

流年及腰

许疼痛成为一尾孤独的发梢

在刀光剑影中变成原告

没有季节的车厢

行囊单薄得只剩下梦想

我把它藏进外套

窗外　梨花残章

昨夜

谁在梦行天涯

独　处

在某天
打开远方
让出走变得坦诚
太阳深处
苔藓和阴影
蔓延成独处的理由

行囊有纯净的土壤
种植烟草和粮食
收获的时候
在卷烟的纸刻年份
栖息流浪
烟圈是复杂的个体
去另一个空间繁衍
粮食落在凡间
供养荷叶和夏天

被城池包围
独处便在天涯

看不到出口的夜

夜半惊醒

揉去惺忪

揉出一汪润湿

牛仔布沙发皱褶温柔

已习惯身体的坦诚

孤独单薄

像魂魄一样游荡

家是疗伤场

深红的墙溢出夕阳

我拿出画笔

想画出陈年的盛放和破碎

却找不到落笔的方向

多么无奈

这深得看不到出口的夜

种在园子里的理由

又一次被黑碾碎

灵魂发出枝芽

走进白天

我提着无处安放的结尾

寻一处露水丰盈的园子

种上我们的秘密

不去向谁呼救

也不想收获什么

哪怕一朵可以相望的花

一些痛可以掉在青石板上

成为历史

一些只能刻在掌心

为来世

找一枚相见的理由

情愫

塞满心思的雪花

来不及说话

就融成牵念

走失在二月末的空旷

我不顾寒冷的忠告

为你穿上裙装

尘世苍凉

灼伤滚烫的渴望

你截断养分和阳光

让还未绽放的情愫

在一腔涩苦里

停止生长

等

一潭深不见底的夜

有小鹿乱撞

惊起路边的浅睡

耳垂冰凉

在等一声未至的晚安

风景这头

星空繁缀

打鱼人燃尽孤独

不知是否也在等

一颗流星的问候

阳光里的谜语

从一开始
我就在猜那个谜语
猜到麋鹿
灯塔
深海的人鱼
悬挂的露水
却没猜出躲进空气的谜底

我把自己放进阳光
任打结的疑问
变成候鸟
奔走相告
这深深的装满柔软的房间
我一边绣着花边
一边打捞谜底
毫不在意心底的隐藏
会和正在出逃的光影
熄灭在原地

善罢甘休

越来越怒放的黑

态度明确

隔着墙壁

表明身份

明天越来越白

把树干的枝叶流放

等一场蓄谋已久的雪

足以掩盖从前

可以浅火熬煮的雪

长久而执意

直到三月把窗户打破

呈上融化的理由

这个世界的冷

才善罢甘休

酒　窝

开得灿烂又隐秘

正抽出穗子

像薄纱样透明

那天小巷除了知了和黄桷树

还有谁听到你问我

嘿　你有两个好看的酒窝

知道吗

只知道有一刻

青涩结出星辰

酒窝刚好盛下你的闪亮

年轻漾成湖泊

收留还没说完的秘密

生命中到来的第一场清雨

落在没有防备的季节

小鹿冲撞

惊跑在密林

你是第一个看到我酒窝里

长出春风和花蕾的人

也是第一个

被酒窝隐喻的句子

单薄的年华很短

弄丢的彼此很长

你说已经原谅广阔大地淹没我的身影

原谅我们没有消息的盛年

也原谅了

守口如瓶

态　度

黑夜静得像掉进深渊的骰子

翻身已没有意义

雨点把音量关得很小

梦碎的声音很大

我披着月光

收拾一些假象

要不要把这些都封存起来

像你走时的决绝

风突然闯进来

它是在指责我埋葬你的态度吗

菜　地

被菜花染黄的指甲还未褪色

这场早起的雨

就开始让我担忧

田埂老去的荠荠菜

躲进谁的伞

池塘的蝌蚪

有没有找到一叶可以相送的船

葱成群结队

豆苗上的紫色蝴蝶

折断了翅膀

桃花仓促

梨树啜泣

我在雨里坐下

等一枚太阳的道歉

分　手

斑驳老墙

把光影揽在身上

一只踮着脚尖的猫滑过

悄无声息

我靠在拐角

也悄无声息

给你写信

不知你能不能读懂我

隐匿的凋谢

能不能窥探笑靥里

走失的姿态

就此作别吧

终于把决定放进笔尖

决堤的水

冲出一条无底的沟壑

让这个故事的结尾成为另一段开始吧

我说

让我们在这里

从此去向不明

佳 酿

请待我如佳酿

饮我入怀

让我在你千回百转的身体

听你　暖你　知你

如若可以

请让我融进你的哽咽

在你奔腾的血液

读你　懂你　爱你

和呼吸纠缠

不谈分离

希　望

深秋不得不来

实心的果实已包不住谎言

野菊花裹上头巾

种子开始冬眠

所有事实

都需要冬天来标记

无法掩饰的浓重

是柿子不动声色的坠落

这个世界没有饱满的诗意

却可以用真相和体温相依为命

谁会掀开早春

让月光发出鸣叫

让一地翠绿吼出震撼的号子

这爱着恨着的人间

这被烟火和爱意修改的人间

打开栅栏

又是一片毛茸茸的希望

爱不需要声音

又一个被绿色霸占的日历
阳光搭在身上
想它更深入一些
提出毛孔里的汗液
名正言顺
用你留给我的文字
擦拭脸颊
你的味道还在
泛黄的记忆却无法更正

我们那天是怎样相遇的
我一直想用一句话
深刻又准确地表达
却在每一个动笔的傍晚
哽住喉咙

风吹过所有过往
我不再幻想在你怀里长出执意
爱不需要声音
就像黑夜在黑色里
不需要解释

偏　安

雨没落下来

却打湿了离我最近的你

电脑长出的字

被茉莉花修改成白色

楼下的咖啡屋

也被修改成

风平浪静的白

粽子在今天是纪念的形状

我在认真对待落下的黄昏

永远有多远

永远有多远
我把这句话放在纸上
有光影正好开出花
才惊觉那个清亮的夜
种子早已发芽

太阳把约定　承诺　守候
揉成养分和雨露
在五月的注视下
擦去问号

不知道你是否懂得
一个心里住着蔷薇和忧伤的女子
如何用浅色的笑
维护内心的秩序
如果离开是最终的选择
我会摘走纸上的花瓣
你读我的眼神
回到起点
在篱笆上种你的名字
等有月光的夜晚

点亮所有可能

然后告诉你

永远有多远

答　案

早起的太阳

闯入眼帘

屋对面的山坡

有鸟鸣和盛开

知了被光线吵醒

昨夜路人遗落的话题

在炊烟里变成光景

在春天的拐角遇见过蔷薇

单纯的安宁

成为我想把它们留下的理由

余生的答卷很长

接下去的时日

结束无关紧要的对话吧

在春夏秋冬里

让答案

成为答案

根　源

这个春天带着情绪

天空尚未苏醒

便妥协于风雨

我看着整个灰色

是否有我痛苦的根源

落跑的樱花

埋葬脚踝

把赤裸裸的现实暴露

四月微凉

毕竟有很多关于成熟的话题

需要在阳光下暴晒

一些成熟的稳重

早已被预定

褐色的种子充满欲望

褐色的泥土长满野心

把褐色开成明天的样子

值得期待

邂　逅

如果不是那场邂逅

或许香水

只是一种形状

锁住年华

如果邂逅来得迟一点

或许天空

没那么耀眼

躲在云里

等待光的折射

初夏的话题越来越浓

秘密绕过留白

以花的姿态

等待绽放

谁在责怪时光

谁不想以邂逅的名义

路过一段与爱有关的

潮汐

心　思

黄桷兰只相信五月末的垂青

在六月肆放

举起心思

附和混迹尘世的香

含蓄被芬芳打败

轮回的倔强

要用怎样的形式

去驱赶麻一样乱的牵绊

接下来

深刻又浅薄的日子

那个裹满黄桷兰气息的女子

会不会在年末的山头

种出路过的风景

开花的藤蔓

把结出来的果实

讲给你听

第二辑

万　物

懒 坝

想让它成为

最后的安生之地

在粉黛熬成明目张胆

成为信徒

人世的脚步

女人裙子下的风光

逃跑的黑天鹅

但我选择为它守口如瓶

这里只适合撤下兵荒马乱

做个缴械的人

像仙女一样清白

对话

住草编的房子

被山神洗浴的记录者

为午后的慵懒注入新鲜

和爱人谈情

制造风花雪月

赴夕阳摆下的宴席

等大写的黎明

露水睡去的时候

我们也睡去

然后

和鸟鸣一起醒来

碎　片

时间生锈

不再发出铮亮的声响

只会剪去

夜晚毛茸茸的延伸

一些落在地上

悄无声息

一些闯进胸腔

惊涛骇浪

雨水被小寒煮透

在最冷的时节

失去奔走相告的力量

我在等

一场雪的假象

青柠檬

立冬这天

一只青柠檬

拼尽所有

在此刻醒来

柠檬树下的鸟和我

把说过的话

塞进青柠檬

一些土地开始枝上白雪

让生长迟疑

我在等一声鸟鸣

它在青柠檬里变得青涩

我在等青柠檬变黄

反驳十二月的呼啸

左　耳

离心脏最近的左耳
你为我种上一亩情话
藤蔓在黑夜疯长
把手写的情书寄到旷野的信箱
还有什么是可以邮寄的
是春天的执念
还是秋夜的沸腾
是雪地上盛放在酒窝的诗句
还是打开存封的遗憾
一饮而尽
趁左耳还能喝醉
把彼此以最爱的姿态送进心底吧
不在意结果
哪怕哭泣的时候

真　相

我已经准备好

在太阳苏醒的时候

去寻找被鼎沸掩盖的真相

一些虚情假意

隐匿于翅膀

却在人间

流放真相

所有事物成了旁观者

失望从指尖滑落

又从脚底反弹

以更猛烈的绝望

抨击身体

疼痛蔓延

无法听懂口齿不清的辩解

雨下得不管不问

就像伤口

深得不管不问

夜

黑夜有时比一辈子都长
没有尽头
只有开始
我的翅膀折断在假象里
没人替我擦去血红
伤口长出倒影
我努力摁住疼痛

被命运筛选的距离
是无力抵达的终点
诡异的白色安眠药
用来安放空荡荡的躯体
我躺在没有回应的被窝
滑进无尽的黑

孤　独

数掌心的纹

每一条凹进生命的线条

都绕成粗壮的理由

在世间存活

有远方

有归来

有适合孤独的话题

我鄙夷孤独

身体却诚实得

像一池浅水

当我把一壶酒放进喉咙

孤独就变成千年的狐

在挂满灯笼的山头

掀起一床的红

等　待

围巾慵懒如猫

蜷在窗台

捕捉路过的脚印

白雪不会来临的城市

依旧有千丝万缕的冷

相比夜不能寐的疼痛

我更愿意在清醒状态

找到自己的位置

等就的心

弥留在拥堵的车厢

林中的小鹿已倒在猎人脚下

这个世界

需要时间来订正

失　眠

停不下来的雨

让蝴蝶失去记忆

一群麻雀飞过

淹没在蛙声里

我用伞挡住世界

不去在意落叶的情绪

突然想种花

那种从盛开到枯萎

颜色不会褪却的花

像中年疲惫

把心虚藏进根茎

用鲜亮制成面具

立在充满硝烟的战场

凌晨四点

失眠如期而至

明天的明亮来了又如何

终究会落在那只失聪的耳朵上

花　园

月亮来得太早

有人在等

一群花的醒来

天空举起灯

在等

一树花的醒来

蚂蚁举着戒指

在等

一朵花的醒来

白头发的故事长得没有

合适的结尾

戒指掀开胸膛

盛下

余生的风光

月亮再一次惊醒

花园已开始了春天的

第一场舞会

故　事

那些成熟的果子

落下复杂的命题

我只相信杏子的黄

能把记忆拉回从前

七月以前的讲述

终于躲过栀子花开

拐角被光阴拉成弧线

拖着心事的流浪猫

在球鞋上打盹

我在想

为什么这么浅的日子

会有井那么深的夜

半平方米的空旷

成为不能抵达的远方

是的

还有一些故事正在生长

比如相望

比如向往

记　忆

谁会在浓稠的黑里

熬熟逃跑的夜

中年沉重

在变浅的发根

长出崭新的真实

指缝挟持光阴

过程触目惊心

想毁灭的记忆

已熔铸成铁

一些离开即为到来的牵扯

随时把痕迹重启

我一边收拾一边清洗

想留下一些

好在身体浮出水面时

咀嚼着睡去

纸上故事

苍白单薄

却耗尽所有

巨大的沉默后

是无声的决绝

那些以爱的名义生长的荆棘

变成武器

伤痕坦诚

反复愈合反复流血

被伤害

被悲悯

被一望无际的荒凉收留

这脆弱得一捅就破的

纸上故事

路　灯

深陷墨色帷幔

你是不会熄灭的落阳

低头时

把影子剖开

把我的疲乏和灼灼归家之心

公布于众

虚弱时

我甚至想躺进你暗黄色的怀抱

撇开一切延伸

做睡梦里的孩子

看不到云的早晨

你昂头送我

把柔软放在脚下

知道你会等我

就像你注视我的一言不发

你是我门前的灯

一直都在

冬天的树

你是不是把所有盼望
都埋进枝头
是不是一直在等
那个关于三月的盛放
冬天只是时间
春天住在心里
秋天在别处
我
在这里

鸽　子

那只鸽子又落在窗台

虚张声势的毛发

凌乱满屋的光

我看到有朱砂落进它眼里

鲜红的朱砂

对抗身体的单调

我和它对视

试图看穿它内心的想法

或者不只是做一只鸽子那么潦草

还没把问题抛出

它已提起心虚

逃跑

第二天

以为它会站在原地

以为那对红色

能把昨天的事情交代清楚

却忘记了看透的彼此

哪里还有相见的理由

从此的窗台

只留下

它没来得及带走的

过程

打碎的香水

刹那间迸发出的浓烈

像狐狸张扬的尾巴

突然让我失去信任

这让人沮丧

我一直迷恋你的若隐若现呀

用手指在你流淌的身体

写我们的故事

看你在重生路上

开出和我有关的

深深浅浅

或长或短的花期

或近或远的气息

像我足足把你种了二十年的光阴

头发上

耳垂后　手腕边

心里

薰衣草

阳光只在地上打个转

就掳走温情

雨在昨夜路过

脚印停在人间

露水便有了晚起的理由

薰衣草终于成就了馥郁的紫

它不停站立

连接　举起手臂

变成浩瀚

紫色的浩瀚托起坚持

等可能的遇见

谁都怕衰老来得太快

怕有些过程还没来得及更改

就枯了枝藤　萎了思念

老树上的柑橘

追逐早春的燕子

追逐它衔来的消息

还是去年落下的故事

冻土蠢蠢欲动

在等一场雨的唤醒

老树柑橘

失去阳光庇护

被种上时间的青苔

是爱失去耐心了吗

它不过是想和生命和解

等一段恰好的风景

看春天的四轮草

怎样用生命的根茎

染红一卷可以书写的布匹

名字——茜

一直顺从于我的名字

就像顺从我的方言

天经地义

它的秀美

总让我揪心

它是草

茜红色的根做染料

染茜红色的衣裳

茜红色的夕阳

转身变成公主

穿白色纱裙

和马群散步

和我隔着时空对视

眼泪打湿各自的珍重

这个名字

花黄在初春

我极力捂住它的生动

不让它逃离

这个名字

可以温一壶长酒

在飘雪的漫野

谈论三月的出处

而后留下一地诗句

永不离弃

角落的信封

阳光被关在窗外
又挤进缝隙
有灰尘穿过身体
陈旧一闪而过

信封还在角落
小得只剩下一点态度
角落适合常住
可以挡住破碎
隐藏谎言
把里面的故事编织成网
打捞久远的音讯
如果角落有光
不熄灭不拒绝
那么
再深远的路
都可以找到回家的方向

蝉

一只蝉的出生和离开
有没有牵扯肉体的疼痛
你还在
却和生命失去关联
最后的决绝
是把另一个你推向重生
然后成为
壳和历史
在透明冗长的后来
讲述露珠夕阳的故事
那个另一个你
将以鸣叫的形式
回应和你有关的一切

绿　萝

阳光直白

把昨夜的骤雨

攥得干干净净

你像挤满水的气球

一戳

就会爆出满屋的绿

昨天还在担心

一杯水是否可以承担你的声息

今天你吐出的姿态

让我决定慢下脚步

和你一起

赶走时间的慌乱

那　夜

鹰在低空盘旋
灯火屏住呼吸
你被刻上记号
所有事物都在沉默
它们在等盛放的消息

那夜
星空撑出浩荡
芦苇掩饰出逃路径
对和错达成共识

那夜
谁的身体在开花
在枝头开出鸟鸣
在水里开出鱼群
在天空开出烟火

那夜
昆虫奏响乐章
微风提着灯笼
那夜
延续至今

猫

你这只突然冒出来的猫

着一身黑毛

悄无声息匍过脚背

留下惊诧的我

望向你消失的地方

你在找寻什么

是被人丢下的嫌弃

还是另一只猫

夜晚墨绿色的眼睛

保护好你的胡须吧

或许有一角不为人知的洞口

有你想要的真相

药

你是一颗药

治愈各种病

身体的

心里的

也会发出新病

身体的

心里的

你居然能准确地把我看懂

我居然能安静地把你服下

我在想这颗药的结构

是否也暗藏沟壑

隐匿疲于　无奈

人间疾苦

和需要被打捞上岸的病

一些被治愈

六月扬起的风

吹出云朵　果核

也有一些新病发出

生成无法下咽的短语

掌心的纹路越来越深
这让想你的病
无药可治

第三辑

时　光

夏　至

阅读荷叶的季节

撑起青蛙的世界

我是九孔的莲藕

每一个空心

都在填写情节

阳光越过天际

一些关于情感的话题

让我感到温暖

荷叶迟疑

天空徘徊

我送它们回家

九孔的心

充满悲伤

躺在深深的脑海里

写只有鱼能听懂的故事

四 季

遗忘是医生

每个季节

开出尘世的药

绿色属于春天

露水把睫毛打湿

群草疯长

一潭深水掀起高潮

我被卷进深渊

失去从前

夏天被红色击中

笑靥跋山涉水

在战栗的路上

遇见空旷

巨大而深刻

来不及反思

落叶把秋天淹没

背影推出黄色的浪

离别近在咫尺

身体和灵魂剥离

呜咽如雪

白色没让冬天诧异

揽下所有

我吞下药丸

锁进鱼的身体

此别　便是永远

春　分

雨窃走春分的鸣叫

酝酿某些盛放的秘密

谁在匆忙的路口

感叹来时已晚

看残红把遗憾带给路基

一分难以挽留

一分永不相见

清泪挂住淡绿

酿花天

谁把往后裹进心思

小　寒

小寒有知

冻结你所有消息

所以盼望的作品

挂满白霜

雁向北的节气带着归来二字

像落在掌心的雪

明亮而忧伤

黄桷树的绿在继续

蜡梅拒绝衰老

我的身体长出铠甲

在小寒这天

抵抗思念

收　成

谷苗正绿

一块块浩荡

有农人把背搭成弓

一粒粒汗水

连成汪洋

那些半路迷途

把理想驮进布袋的人

是不是已快马加鞭

好赶在穗子撒欢时

来一场丰盛的对白

想念某日的太阳

没有晚安的夜

索然无味

像某些情书

炽烈在开始

结果却如远游的鱼尾

褪去颜色

黑暗很好

可以深沉相爱

让雨在窗外

错过微笑的时间

开始想念某日的太阳

明快得

可以抓起光芒

没有人知道我血液

有参天大树　鸟鸣　鲜果

有相识的小鹿

开往春天的列车

雨天故事

我忙着

把雨点穿成故事

好在明天的集市

送给篮子里的青菜

有些故事

可以插进花瓶

让枯萎更像盛开

有些故事

可以藏在裙裾

起风的时候

不顾一切去流浪

雨天

忙着生产故事

忙着注销故事

夏天的阴谋

蝉的幼虫在蛰伏

做脱壳的梦

挂了号的病人

在脚手架

把身体一点点砌好

夏天有太多阴谋

一场骤雨足以证明

麦子悄悄灌浆

枇杷收回颜色

孩童的翅膀

忍受生长的痛

桂树声张

它的香让我想起一个走丢的朋友

有多少年没在她家的露台

用红酒勾兑哭泣

把有毒的宿命

摔成碎片

一去不复返的青春带走我们的曾经

从此我不再想她

除非

我刚巧路过

桂花刚巧落下

五月的姿态

五月是三角梅的天堂

时暖时冷

开出或长或短的片段

清晰又模糊

有时开出青葱

用刻在手心的名字

打湿眼角

有时开出华发　鱼尾纹

交代远去的光阴

有时开出潮汐　花园

深蓝色月亮

沉默中被确认的情话

五月反复绽放

我在见缝插针的阳光里

阅读花香

早　春

最柔软的季节

短得来不及相见

初花浅笑

凌乱隔壁的夏

苏醒的云

在灰色睡衣

孕育生命

深秋掀开帘子的时候

和种子有关的秘密

就会结出真相

三月第七天的雨

三月第七天的雨

在夜里坐下

一壶茶的妥协

让迟到的袒露原路返回

雨把灯影打湿

寂静有声

谁在成全玉兰如斯

谁还记得

去年此时

有一场同样的雨

把归期打湿

花

孤独的花

开出彩色欲望

无色的日子

把低到尘埃的诉求

埋进二月冻土

在四月发芽

六月开出各不相干

八月争先恐后

十月微凉

谁为谁裹上红装

守　候

有时
阳光会让我流泪
有时
雨点会让我欢喜
想春天以手的姿态
将我托起
像托起
浅色梦境的孩子

春光一碰就碎
所有预谋都在盛开
我变成一朵花
采蜜人却去了远方

是不是不该以风的速度
握住你送来的问候
在四月末的山头
开垦荒地
种植粮食和水果
成为安静的守候者

雨　后

门前的盛放被雨洗去温度
但伤心还没走远
一只猫和地上的花瓣说话
说昨夜发生在伞下的故事
地砖坦诚
偶有一摊积水
透明得可以看见鱼和叹息
球鞋匆忙
正赶往另一个目的地
梧桐看出我的心思
把绿色塞进眼睛
于是地铁里的一切
都和季节有了关联
哪怕一张宿醉的脸
也摇摆出春天的痕迹
倒退的城市在逃跑
那趟不等我的列车
是不是已开进了相互抵消的时间里

小 雪

在这天
遇上一场期期艾艾的雨
和春天
隔着一幕大雪的雨

一直坚持本身的意义
下一段路
是以鸟的形式皈依
还是以花的姿态
呈现
雨把手指变成惊鹭
一边蜻蜓样寻找温暖
一边以壁虎断尾之痛
原谅这场态度
高高在上的冷
足以推翻整个秋天的证词
小雪隐藏太多秘密
比如大雪封山的时间
比如
清晰又模糊的
你的归期

秋天，来得正好

还没看清飞鸟

黑就挡住欲望

总是想做点什么

比如在有白炽灯的房间

购置画架

把旷野甩上画布

老道的灰调子

流出新鲜汁液

不去在意窗外的落叶

把不动声色的认定

装进相框

和一屋子光影窃窃私语

如果夜晚不再摩拳擦掌

我会说

秋天，来得正好

秋　分

雨从黎明来

秋分从雨里来

银杏放下身段

包庇那封迟迟未到的信

一切都充满痕迹

一切又悄无声息

捂不住的冰凉

把眼窝蓄成湖泊

熟悉却不再亲切的站台

彻底作别在 22 号的黄昏

明天

明天的明天

把一截一截记忆

种进伪装的花盆

灌溉理由

不知能否开出

别样的相见

这个春天

这个春天很宽容

允许不辞而别

允许冷雨打转

允许褪去青涩

允许胡言乱语

我把归期揣进口袋

看草木疯长

想着怎样抒写

才可以在薄如蝉翼的雨天

安然有序

后退的风景携带匆忙

在滞慢又不可略过的时日

守口如瓶

这个春天刚刚落下

就成了背影

我在等下一趟鸢尾的到来

书桌的花瓶

站成一种态度

期　待

每一朵八月的花

都怀揣七月的梦

盼望十月黄昏

结出丰硕

草无中生有

和种子谈情说爱

比在原地仰望星空

更让它期待

蒲公英也因为期待

有了飞翔

有了风雨和彩虹

有了山川河流

有了冬月里

蠢蠢欲动的来年

壬寅年五月一号

雨来的时候

会想念阳光

抉择总在碰得生痛时

得出答案

像挂在树上的轻

落在地上的重

互不侵犯

又相互牵扯

是什么样的风景

让跋山涉水的理由

变成一杯淡淡的绿

而一些文字

温润得让人眼底蒙上霞光

这个节日被我和新买的芍药

种进花盆

我在等

它们开出干净的结果

在十二月初想念三月

钟情三月

却躲不过每一场雪

落叶出走

可以是自由的蝴蝶

抛弃一切的浪子

无能为力的性别

一个下坠的过程

像柳枝　田野和翠绿

止步在寒夜

想做三月的盲人

枕炊烟

和鸢尾说话

二十五度的斜阳

是最好的表达方式

小雪打破僵局

我依旧想蒙住双眼

毕竟冷雨只是过客

毕竟三月已在

赶来的路上

暖　阳

冷不丁你跳出来

挤走残留的霾

从发尖跌落

把温度还给路沿

有生命从银杏树起飞

扇形的翅膀

把十一月料峭

染成金色

左手握起你许下的灿烂

我是不是可以

把春天当成常态

不管华发

不问年华

你永远是我温润故事里

不会落跑的主角

雨　季

雨迷了路

雨里的人也在迷路

把伞下的故事听完

就失去了方向

这个季节

需要热烈而专注

在无边的雨季

抵抗晴朗的蛊惑

湿漉漉的林子

松鼠在寻找果实

收一屋子种子

谈论明年的相遇

雨在继续

这个季节被淋得失去归期

有人却在等

复燃的爱情

四　月

四月

河流温润　阳光婆娑

一丛丛草不紧不慢

向温暖出发

谁摘下迎春花

种进书的中央

潸然泪下

我已扫尽庭院

以春风打底

浅雨作画

任岁月阡陌

洗尽铅华

在路的尽头

等你娓娓道来

麦　穗

在七月喝醉

垂下饱满

东倒西歪的丰盈

等待一次有力的相见

用镰刀割去牵念

然后睡去

然后成为

另一个自己

十月的颜色

十月红色

张扬在每个角落

翻腾的热浪含蓄在心底

把笑脸狠狠照耀

十月橙色让夕阳和柿子争夺

回家的路被捷足先登

一些温暖　疲惫

一些欲落未放的情绪

会被最后一抹亮覆盖

柿子孤独而执拗

它在等一个下坠的理由

最后的痛彻

就可以落在爱人身上

十月的蓝一直在设置谜语

让云和人群寻找答案

从浅蓝到深蓝

从黎明到深夜

谁能说出错误的时间和对的你

谁又能看穿躲在烟火里的真相

沉甸甸的十月
灌溉沉甸甸的结果
像成熟的女子
一转身
就收获了丰盛

秋　韵

一夜落秋

似离人眼底荡漾的湖

潮湿话别

秋天蔓延

点燃激情和绝唱

归来太远

无法成诗

却被纸张收留

开出相思

寒露沉重

计算年末的路程

单薄又丰满的手指

举起怎样的说辞

才能饮尽冷暖

为守望

披上十里月光

无　关

一月浓烈

吹散红装

温度提示明显

白头的霜在午餐前告退

留下凛冽

鸟光着脚丫跳跃

园子里的绿怀揣明白

光阴缓慢

提着桂花的黄唱流浪的歌

音符全身而退

冷从心底起

与一月无关

日　子

六月匆匆

几场雨

就撞见月末

穿上裙装

居然有瓷样的冰凉

我已做好准备

聆听一场

和爱情有关的录音

六月潺潺

有垂钓的李子

贩卖青涩和月光的人

其实我想慢一点

看风和飞翔在头顶变得好起来

陪一树桃子老去

分离很痛

而重生很好

下辈子做一朵云吧

把自己安放在天空

怀揣春天

去遇见另一朵云

第四辑

轻　歌

父亲节

今天是该写诗的日子
写给父亲
今天是该反省的日子
反省自己

那天的阳光我还记得
它把你的衰老放进我眼里
放出白发和迟缓
你已不再是山
你在退出
和时间妥协

我不需要你是闪电
把世界照亮
只想你是树
站立在远方
让我找到回家的路

我在反省自己
给你的一生带去多少忧虑
你的白发或许都与我有关

却只字未提

年轻的你
也曾青丝茂盛
白色衬衫和俊朗的脸
从校园走出
然后让我成为我

你可以不做谁的英雄
但你一定做我的存在
做我喊出爸爸时
响亮的回应
做我打开房门时
第一个出现的身影

我把这个日子珍藏
就像你时刻把我们
珍藏

做个农妇吧

做个农妇吧

有空旷的院子

有篱笆助威

可以把柿子挂成长久

怒放在地上

吸吮新鲜麦梗

把妈妈的白发用心意染黑

在大石板捶打衣服

甩出牢骚

让嗓门赶走喧哗

在旷野袒胸露乳

躺在田地深处

任麦芒刺痛后背

揭阳把肤色变成暖色调

炊烟烧成答案

回应乡愁

只要那个吸旱烟的人还在

用菜叶上的虫喂一群鸡

一条老狗

一桌新鲜饭菜

不追究爱与不爱

用下山的夕阳

就一壶不多不少的玉米酒

一场不深不浅的对白

日复一日

养分和绽放

傍晚的地铁

托起归人和过客

深度里

有离别和相见

斜线条的灯影沉默不语

没有四季指证

像浸在白开水里的爱情

看得见五脏六腑的绝望

我的安身之地

是靠门的角落

迎合每一个慌乱的站台

被手机收割的人流

点一盏灯吧

我把这句话放进窗外奔跑的黑

可以照亮花香和苏醒的灯

让衣衫遮蔽的灰烬

在冗长的路途

变成养分和绽放

开在起点和终点

大　海

我是和一条鲸

接近你的

它用头顶的水柱

把我驮进你的身体

我学会用鳃呼吸

用鳍行动

长出蓝色眼睛

成为人鱼

我们开始相互信任

在暗流里讨论国家大事

回复人间来信

治理珊瑚和礁石

让远行的船只

交出脚印和喧响

更多时候

你的臂弯是巨人的手指

梳理海藻的长发

用泡沫

温暖穿婚纱的新娘

不知道那个赐我药丸的女巫

会不会继续蛊惑

让我今生

只能以哑语表白

可我已经是你的人鱼

你给我饱满的诗句

潮汐

无际自由

除了一双

回到人间的脚

生生不息

太阳脱去烦躁

和九月对视

花比蜜蜂更积极

暗流涌动

果实迫在眉睫

这个季节

正好释放

不管阳光如何袒露

蚂蚁和虫子都有理由

躲进暗黑

卑微的生命有期限

明天的明天

是骑马人前行的动力

不谈起点

没有终点

太阳也没有终点

它只是在夜晚来临时

去了另一个白天

欲言又止

灯把自己烙进墙壁

为了不被遗忘

尽管你的眼睛

已照不见我的影子

我依旧坚持

和藤蔓说话

为了可以看它长出长发

叶子浅的时候

说说春天

叶子变深了

说起远行

十月卡在半空

没能撑住欲望

我掐住内心的嘶吼

让态度变得明朗

有多少人在混乱的人间奔跑

像一只走失的狼

拖着满身伤痕

把手搭在欲言又止的肩上

无　题

多么不可思议

我困在油菜花的黄里

想念一地的白

把日子重新打开

不读爱情

不读柴米油盐

只想在每一行空白

找出过往

曾经丢在了哪里

热气腾腾的臂弯

盛放别人的春天

谁在我泛黄的歌词

唱出一树的红

今早的雨开始清洗昨夜的辗转

我在等前天那个

玫瑰一样的太阳

往　事

凉秋被一场暗热掀走

阳光从桥上经过

从容自如

江面静得让人生疑

一群鱼

在嘲笑垂钓的钩

浪花从良

大坝没收水的记忆

回想轮渡运送车辆的年代

跃进江里的男人

他们深谙水性

和鱼群发出撞击

可那些响动已被彻底掩埋

坟头连一根草都没有长出

我痛恨改变的一切

但也习惯原谅

就像习惯原谅世间的荒谬

原谅回不去的过去

原谅我转身离开时

打湿脚背的歉意

你和我

说了一上午的诗
你说要大胆去写
悲愤　喜悦　屈从　挣扎
血淋淋的现实
说起假想的爱情
其实我已沸腾
血液把眼窝润湿
我是个胆小的女子
月光里的一个倒影
一会横在地上
一会挂在树上
就像在诗歌里
我倾斜着
寻找一个理由
腾出离心脏最近的位置
做一件疯狂的事情
我是不是
终于懂得了寻找

遇　见

你那里

一定住着盛开的蝴蝶

捧着，腮红饱满

转身，一地飞雪

我在午夜动身

行囊塞满理由

更多时候

宁愿把孤独开在别处

熬出古老情书

当你看到我收拾园子的身影时

大地已许我清白

遇见，不过是回眸中

流年滑过的痕迹

喜　欢

喜欢夏天被汗水淹没的快意
喜欢纷扬的忧伤
把领口撑开
嘴角扬起时
有你递给我的怀抱

喜欢铺满格桑花的小路
爱情躲进花瓣
相思不动声色
喜欢小径深处的木门
爬满沧桑和期许
我们提一盏灯
照出初恋的光影

喜欢被太阳打湿的安静
喜欢月色和西下
窗台被种上烛光
我喜欢的所有
也是你的所有吗

丢　失

早起的车厢

弥漫诚实的睡意

眼帘挣扎

让昨夜袒露

邻座的年轻人把车票放进口袋

放进梦想和现实

我依旧是那个前行的人

态度明确

试图改变

却从起点开始

就被命运安排

等不到太阳说话

路边的站台已把终点举起

在八点钟的学校

保安拒绝开门

我努力证明

发现把身份丢在了路上

这个诡异的世界

充满变数

中年心事

枯萎被雨水打落

又被阳光捡起

春天的出口可以是盛开

是凋落

谁脱下疲惫

把倦意搭在屋顶

夜晚枕上月头

打理白天攒下的守口如瓶

我托起中年心事

喂路边迷路的麻雀

用新米和露水

有惆怅被叼走

剩下一些平庸

装点我的沉默

我依旧前行

打着与衰老无关的旗号

回家的路

从一开始

就没有充裕的文字

形容我的匆忙

轨道追求终点

看不到拖泥带水

去年的雪没有准时赴约

却以凛冽的方式

证明它来过

车厢热气腾腾

手指被带回春天

窗玻璃上

开满丁香

晚归路

晚归的地铁站

脚步沸腾

走失的流年

把背影

凑成感叹号

有人以树的姿态存在

枝干长出依靠

有人以花的形式开放

呈现最后的倔强

有人以麦的饱满路过

割走太阳和风霜

有人盛开

有人倒下

有人在晚归的地铁站

发出回家的信号

重　生

别离在车厢

暖气绵雨内外相望

我是不是不该和窗外的从前

纠缠不清

那个以疼痛取悦的身份证早已过期

时间化成利剑

把承诺刺穿

不想做爱情的泼妇

把喋喋不休带进土壤

长发错过蝴蝶结

樱桃错过玛瑙

当十月不再被眼泪打动

我把鱼的记忆

置进脑海

变成洁白的孩子

归　途

太阳回家了

没来得及和我告别

从地铁站浮出水面

喷嚏打醒了眼前的繁杂

面孔来来往往

努力把温度挂上嘴角

我也努力

把笑倒出酒窝

让挂失的魂魄

找到回家的路

不管落寞来得多唐突

不管眉头锁着多少春秋

心里既然能装下整个世间

又何惧这渐深的冬

摇 篮

没有月光的站台

路灯把光影

贴出遥望的姿态

盲道预报危险

等车的人怀揣心事

草一样摇摆

十月最后一天的温度

被深秋打败

我裹着寒冷

生怕进站的列车

带走杂乱又有序的等待

被生活碾碎的残渣

无处不在

一些被收留

一些被遗弃

我和那些草被收割进车厢

突如其来的暖意让现实变得蓬勃

想留下一个喜欢站台的理由

我在潺潺的恒温里

寻找答案

给行走戈壁的儿子

我是你头顶的云

不说话

默默陪你

一寸寸

丈量戈壁

骆驼刺在你脚印里

开花

后来你也盛开

小心翼翼

我能看见

风能看见

黄沙惊涛拍岸

像硕大的衣裳

披在你小小的身躯

你索性变成一阵风

和黄色的翅膀

一起飞翔

前面就是绿洲

黄沙也在盛开

你是最灿烂的那朵

人生姿态——给登顶四姑娘山的儿子

天依旧清澈

你依旧清澈

雪山以稀薄的形式

待你到来

风雨过后

戈壁的骆驼刺

是否还记得你的名字

翅膀合上又张开

你飞得越来越高

我已不能为你遮挡什么

任你奔跑、跌倒

任你一步步

艰难前行

云朵从南来

风可以再轻一点

谁以爱的名义

把理性带入八月

你转身看出我的疑问

挥手把答案写在雪山之巅

不是每一朵花都开在春天

我亦背起行囊

驻足你必经的路旁
以一生的时间
等你盛开的模样

变成雕塑

夕阳不动声色

黄昏是一幅画

所有风景

并不善于掩饰

不解风情只是借口

疼痛真实有效

突然就想到一个夏夜

怎样把一杯带雪的莫吉托

埋进胸口

让自己变成雕塑

不醒来

不睡去

静默地等

一场一场的四季

地　铁

可不可以把地铁裁成几段

一段回家

一段出走

一段留下

一段永不再见

女人的身体窜出烟火味道

男人的球鞋充满荷尔蒙

还有口袋里沉重的话题

地铁里的春天

充满积雪

轨道揣摩人心

我们在积雪上寻找春天

如果时间静止

是不是可以把行囊当成床

安放一具具

疲惫的生命

慢慢生长

市 井

还是想写
与我息息相关的
日月　山水
黑夜窗帘罅隙漏进的光线
空气参与的五味杂陈
和雨讨论季节
说惺惺相惜的故事
万家灯火里一豆氤氲的情绪
挽菜篮的老人
它们是提醒我存在的依据

我的黑发在凋谢
皱纹蔓延
而笑靥
依旧可以秩序而出
谁打翻了盛夏
谁在梳理打结的人间
月光和太阳
濡湿渐渐逼近的秋天

妥　协

气温骤降

在昨天还炙热的早晨

像极了人间薄凉

中年的河面平静如止

惊涛却在谷底

抗拒一切和自己无关的牵扯

皱纹选择原谅

眼眸把清澈坚持

有人在作别里相遇

让黄丝带结成归来的模样

姑娘的长发在脚跟打结

男人的胸脯不再年轻

如果拥有是最后的归宿

谁又愿卸下胳膊

在疼痛中指正方向

趁还有一杯年华允许饮醉

赶紧收藏可以邮寄的地址

不去计算距离

就像不去深究

往后的春天

怎样把书信往来

妥协给时间

路　过

无论怎样

都会留下痕迹

短的长的

好的坏的

终点并不代表结束

谁在窃取黄昏和日出

让归来和离开

总结辨认方式

车厢忽明忽暗

把局促留给喘息的鱼群

我来来回回

把四月种进扶手

希望每一次路过

都能结出碧绿的春光

酒　馆

适合枕一壶温酒

垂钓黄昏

残阳还没离开

在等未曾谋面的脚印

白雪成为蓑衣上的证据

列举有关冬天的罪状

黎明迟浅

牵念太厚

冻伤酒馆的性别

有多少纸质的深意被一笔带过

想握一捧火焰

在微醺里

点燃迟到的音讯

秋天的车厢

这么快

秋天就挤进站台

我裹一身微凉

被车厢换上春装

对面的男人装腔作势

邻座的女子举起镜子

试图抹去时间的笔迹

一个婴儿

在妈妈丰硕的乳房下睡去

安静又喧闹的车厢

和体温共存

秋天不断宣读结果

我终究成不了演员

默默拽紧欲落的理想

把面具揣进口袋

下一站

我要给夏天一个怎样的告别

回家的模样

风带着笑

打扰了头发

打扰了耳垂上一朵花的形状

也让笑靥

把领口解开

呼出冬天残留的句子

这个三月迟迟不走

我捡起阳光

搭一张可以安睡的床

当四月到来时

三月

就成了回家的模样

死　结

打一个死结

这条路

从此消失

把世界给你

你却用背影撕裂

我扯下云朵编织成册

那些间隙

成了无法填补的荒原

匍匐前行的我们

以一朵花充饥

以一滴鸡血

让彼此现出原形

霾的那头

已追不到你逃亡的心

我点上蜡烛

祭奠死去的爱情

路　途

车厢像趴在暖气片上的抹布

形状固定

邻座一怀愁绪

安静得似有若无

有人在对话

把秘密泄露给轨道

隧道里突然滞停的信号

打断正在纠缠的牵扯

油菜花在窗外越来越暗的昏黄中

失去期待

毕竟

不是每个春天

都能打动谁的心

除非我刚巧路过

你正好抬头

火 车

你从身边启动

我就想

也搬到你的终点

车头停靠的地方

种植草原

牛羊成群

可以挤出鲜奶

滋养我们的爱情

你的身体带着尘世的纷扰

熟透的善良

烟火

命运冲撞

风划过隧洞的旋涡

摇摇晃晃的人间

第八个站台上女人遗落的头巾

一个故事的开始

但结局应该是在轨道上落下句号

我骑着马在等你

搜罗一屋子情话

等你停下来的时候

谈论它们的来处

其实我不过是终点上的石头

马匹是我思想的奔跑者

和你一起越过千山万水

我们比谁都清楚

你的使命是

不停地重复使命

我的使命

是站在那里

等你开进我的怀抱

梦　回

不是每朵落红

都心甘情愿

当我开口

把长发绕成省略号

剩下的故事

是不是该由你来讲

秋天开始编织毛衫

在霜降里长出期盼

穿越千年

我是身披绫罗的女子

空月驰马

只因未曾谋面的牵念

时空变短

执念还在

谁把归期写好

谁隔着时空

任马蹄把路途踏成归来

这一天

这一天
试图写下什么
比如结满藤蔓的心事
会有多少延伸
在某个路口
不再出走
待阳光醒来
碎成生命想要的样子
安慰溪水　树木　哭泣的孩子
安慰疼痛和枯萎
花匠的剪刀结满尘埃
藤蔓的身体长出翅膀
或许月亮到来的时候
它又会打开胸腔
找出下一个
浪迹天涯的理由

待

秋意寡淡

偶有凉风

却似透明的拥抱

生怕看到彼此的疏离

迅速逃逸

离别在冰冷中睡去

但金桂放歌

分明又是一地的暖

清浅的

不着痕迹

点燃最深处的执拗

没有谁会告诉你

她的等待

会是旷野的鸟

揣着琴声和星辰

用生命在飞翔

写在儿子小学毕业

对于六月的到来我并不在意
我在意的是有阳光的地方
不那么犀利
你多好
一个壮实的孩子
眼里装满纯净
笑容灿烂得可以把我
带离现场
我的有些头发
已从发根开始变成浅色
一种我不喜欢的颜色
一种和衰老有关的颜色
你是看不见的
我是不想看见的
初夏的风开始吹出独立的味道
你已有小鹿样敏捷的身体
我跑不过你了
我甚至害怕有一天你带着纯粹的笑
离我越来越远
挥手作别时
你的行囊

有没有一张我的手帕

裹满我一生的牵挂

我不想让黑夜惊到你

尽管我们一直在一起

如果每个路标都有记忆

就让它把你路途的故事讲给我听吧

你的远方

终究是我注视的方向

那段最热的夏天

是最消极的季节吗

被太阳抽走斗志

现实成为刀子

在空调的冷眼里

锯断双腿

风很直白

把暴露的地面吹得风平浪静

一些花繁盛

将萎靡埋在脚下

一些种子

结出饱满乳房

等待深秋的吮吸

挂在墙外的工人

和借口讨要生活

把明天提前

我也挂在墙内

却被烈日强调

那个和我相欠的冬天

是的

风雨兰在白天张扬粉色诉求

我在生硬的夜里

以一杯水冲洗沙砾

成年人

成年的村落

充满悲怜

一只跛脚的鸟

也会促成谜一样的感伤

夕阳在寒冷里写诗

江水捂住疲乏

载上离开

又溅出相遇

有人把回望遗落枕边

活跃在深不可测的夜间

谁仗着爱你的心

写出绵长的故事

让挂在枝头的成年

把柿子的红熬成白

傍晚的梦

傍晚像被抽走空气的布口袋

软得没有脾气

把自己装进睡眠

在同样软塌的沙发

梦见有人抽出刀找我对质

我并不慌张

刀抵住我的软肋

我想看清那个对立的人

一把刀的距离

却模糊得像影子

死亡的前奏是不是从容得像一张纸

我甚至想让刀尖把我削成剪纸

挖去多余的身体

像先人一样被贴成不再远去的姿势

我最终没能和他对质

他也没把我变成剪纸

一声雷把我惊醒

雨什么时候来的

那个霸占我梦境的人

甚至没有留下一点可以循迹的信息

符　号

这个时代

失去一封信的告白

所有交集

都长成一尾符号

多么无耻的符号

我在这头给你拥抱

也在这头感受薄凉

沉默吐出烟圈

鱼隔着玻璃亲吻

草在缝隙向往

我提着符号

再也写不出和你有关的文字

人间越来越荒唐

你在哪里

等夕阳

亲爱的

亲爱的
江水向西流
桃树结出苹果
燕子在雪地筑巢

亲爱的
皱纹开出蝴蝶
故事结尾被删去
我回到十八岁

亲爱的
北方变成南方
风挂在墙尾
月色在黎明破晓

亲爱的
长发成了游魂
我变成了哑巴
亲爱的
你治好时光的病
却被锁进抽屉

成为永远无法呼应的

亲爱的

好的爱情

暴雨一隅

有照明灯

撑伞人

备着逃跑线路

从哪里出发

到哪里停驻

我在等你

有好的爱情给予

我想暴雨来时

我们镇定自若

春光依旧

长发和太阳接头时

你刚好路过

我正好转身

忧伤被点亮

明确彼此身份

我们在不同的路口

仰望同一片天

却没有一朵云

拿出试题

让我们填写答案

好的爱情

让外壳柔软

像柿子的火焰

融化铠甲和堡垒

我还在等你来

在一个黎明

让我成为鱼

成为泡沫山顶的红

三月再生

春风很浅

三月不紧不慢

梨树新绿

李花细碎

玫瑰猩红

一册册花事

白得像月色

红得像血

执念在花蕊

春风闯入又离去

一些在三月谢落

一些在三月再生

蜜蜂嗡嗡

嗡嗡的人间

红里带白

后 记

进入夏季，热成为常态，雨也会不期而至。明晃晃的天，忽而乌云密布，忽而雨泄如注。"生命中终有一次骤发的豪雨"，余光中先生是如此安排自己和暴雨见面的。

是的，生命中终有一次骤降的豪雨。不期而遇，谈不上准备，用不着躲避。

人生何不如此？暴雨泥泞也好，阳光灿烂也罢。诗歌要迎接的就是这种猝不及防，一如暴雨对大地的撞击，事物对灵魂的撞击。

"等你，在雨中；在造虹的雨中；蝉声沉落，蛙声升起"，余先生说，你总会和彩虹一起出现，即使很多时候只有彩虹，但你肯定会出现。这不正是我们平时的阅读和自我修炼吗？其结果是，诗句的自然到来。

我的诗里有花园、暖阳、疼痛、爱意……它们会在万物之上闪耀。我把这些闪耀记录下来，就是呈现给你的点点滴滴。

所以《三月再生》是记录我的日常，它带着温度，它是我心灵的自然呈现。

真想三月重复地停留在我身上，让明亮的肩头和阳光共处；真想爱情不是落跑者，可以在我的酒窝里，种出新生和暮年；真想所有的诗句都能打动你，让她们的温润在你眼里长出星辰和大海……

所以我想——三月再生！

图书在版编目（CIP）数据

三月再生 / 刘蒨著.-- 武汉 ：长江文艺出版社，
2023.10
ISBN 978-7-5702-3277-2

Ⅰ. ①三… Ⅱ. ①刘… Ⅲ. ①诗集－中国－当代
Ⅳ. ①I227

中国国家版本馆 CIP 数据核字（2023）第 139367 号

三月再生
SANYUE ZAISHENG

责任编辑：胡　璇　　　　　　　　责任校对：毛季慧
封面设计：源画设计　　　　　　　责任印制：邱　莉　　王光兴

长江出版传媒 ｜ 长江文艺出版社

出版：
地址：武汉市雄楚大街 268 号　　　邮编：430070
发行：长江文艺出版社
http://www.cjlap.com
印刷：湖北恒泰印务有限公司

开本：880 毫米×1230 毫米　　　1/32　　印张：5.625
版次：2023 年 10 月第 1 版　　　　2023 年 10 月第 1 次印刷
行数：3602 行

定价：58.00 元

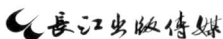